KARMA Heil

Axel Rüffler

Der Autor

Nach einem langen, relativ erfolglosen Arbeitsleben und daraus resultierenden Rückenschmerzen und kaputten Knien, beschloss ich im reiferen Lebensalter, mir durch das Schreiben von Büchern einen kleinen Zugewinn zu verschaffen, was aber bis jetzt keineswegs von Erfolg gekrönt war.

Aus Frust trank ich eines Abends zwei naturtrübe Bier, welche, wie ich finde, meinen Naturell sehr entsprechen, und hatte, aus einem inneren, unkontrollierbaren Antrieb heraus, die geniale Idee für mein neues Buch, den kommenden Bestseller „Karma Heil".

Seid bitte so nett und kauft den Quatsch, damit mein Lebenstraum endlich in Erfüllung geht. Helfen bei der Lektüre könnte durchaus der Genuss von legalen bewusstseinserweiternden Getränken etc.

Viel Spaß beim Lesen, ich habe fertig.

Axel Rüffler

KARMA Heil

Eine kleine politische Satire

Impressum

Bibliografische Information der Deutschen Nationalbibliothek:
Die Deutsche Nationalbibliothek verzeichnet diese Publikation in
der Deutschen Nationalbibliografie; detaillierte bibliografische
Daten sind im Internet über http://dnb.dnb.de abrufbar.

TWENTYSIX – Der Self-Publishing-Verlag
Eine Kooperation zwischen der Verlagsgruppe Random House
und BoD – Books on Demand

© 2017 Axel Rüffler
© 2017 Covergestaltung: Axel Rüffler

Herstellung und Verlag:
BoD – Books on Demand, Norderstedt

ISBN: 9-783740-743000

KAPITEL 1

„Wir müssen besser aufpassen!"
Sarah schaute Josef streng an.
„Dein Großvater war heute Nacht schon wieder unterwegs!"
„Ach ja", Josef war genervt, „jedes Mal, wenn Aaron unterwegs war, dann ist es mein Großvater, aber als wir überlegt haben, ihn aufzunehmen, da war es unser Großvater."
Josef stoppte plötzlich seine Vorhaltung und betrachtete Sarah besorgt, bevor er auf sie zuging und sie in den Arm nahm.
„Du sollst dich doch nicht aufregen, hat der Arzt gesagt."
Er versuchte, Sarah etwas näher an sich heranzuziehen als er merkte, dass sie tief Luft holte, aber ihr Bauch machte das unmöglich. Sie war im neunten Monat schwanger, genauer noch, kurz vor der Niederkunft, aber sie wollte unbedingt schon im neuen Haus wohnen, bevor Ariel zur Welt kam.
Josef wollte nicht schon wieder anfangen zu diskutieren. Er war eigentlich dafür, dass Ariel in Jerusalem geboren werden sollte, ihrer Stadt, wo sie seit ihrer eigenen Kindheit gelebt hatten und wo es immer schwerer wurde, bezahlbaren Wohnraum zu finden. Ursprünglich sollten auch ihre Eltern noch pro Forma umziehen in die neue Siedlung am Rand der Negevwüste, wo nichts war, nichts wuchs außer diesen alten Olivenbäumen auf dem Hügel oberhalb ihres Hauses, der an seinem Gipfel zwei natürliche Felstürme aufwies, die entfernt an eine Moschee erinnerten.
„Die sprenge ich irgendwann mal in die Luft!", hatte Aaron bei der Grundsteinlegung gesagt. Gleich nach der Zeremonie war Aaron dann losmarschiert, mit der Axt unter dem Arm,

die er unbemerkt im Kofferraum des Wagens versteckt hatte, und wollte die Bäume fällen.

„Wenn die scheiß Bäume weg sind, dann haben die Palästinenser auch keinen Grund mehr, hierher zu kommen, und schon sind wir einen Schritt weiter auf dem Weg zum israelischen Großreich!"

Josef hatte nur einen Augenblick nicht auf Aaron aufgepasst, der sich schon an dem ersten der über tausend Jahre alten Bäume zu schaffen machte, der mit seinem steinharten, weitgefächerten und schon mehrfach vom Blitz getroffenen Stamm ein erhebliches Hindernis für die stumpfe Axt darstellte. Doch Aaron hatte sich so sehr in sein Vorhaben hineingesteigert, dass er Josef erst sehr spät bemerkte und noch mehr schimpfte, als ihn dieser an seiner Aktion hinderte.

„Wir wollen hier in Frieden leben, Großvater!", sagte Josef bestimmt, als er Aaron die Axt wegnahm.

„Mit denen kann man nicht in Frieden leben, Junge, das geht nicht!"

Sarahs Eltern sahen das völlig anders.

„Das gehört sich nicht!", hatten sie nur gesagt, als sie gefragt wurden, ob sie mit in das neue Haus einziehen wollten, „mit diesen Siedlungen bekommen wir niemals Frieden, und ihr macht das ja auch nur wegen des Geldes."

„Ich würde mich schämen, den Palästinensern das Land wegzunehmen", hatte Sarahs Vater noch hinterhergeschoben.

Sarahs Vater arbeitete für die israelische Beobachtungsstelle „Peace Now", die festgestellt hatte, dass nur circa ein Drittel der Siedler aus ideologischer Motivation ins Westjordanland zogen. Die Mehrheit kam, um in den Genuss staatlicher Subventionsprogramme zu gelangen.

Auch die Argumentation, dass für das meiste Land gar keine Besitzurkunden bei den Palästinensern existierten, ließ er nicht gelten.

„Für mich sind die Grenzen nach der Waffenstillstandslinie, auch ‚Grüne Linie' genannt, von 1949 gültig."

Da ließ er auch nicht mit sich reden. Und mit dem verrückten Aaron würde er sowieso niemals zusammenziehen.

Aaron, Josefs Großvater, war, wenn es überhaupt Hardliner gab, der Prototyp dafür. Er war einer der ersten Siedler in Sa Nur in der Westbank gewesen, bis die Siedlung im Jahr 2005 unter gewalttätigen Auseinandersetzungen von der israelischen Armee geräumt wurde. Und wer war damals der Rädelsführer der Gewalttätigen – natürlich Aaron.

Josef grübelte vor sich hin. Sarah hatte sich wieder beruhigt und strich sich über den Bauch.

„Ich setze mich raus auf die Terrasse, Josef, ich muss mich ein wenig ausruhen. Aber wir müssen etwas unternehmen", sagte sie dann nochmals ernst zu Josef.

„Den fünften Tag, den wir hier wohnen, und Aaron war jede Nacht unterwegs. Wenn die Palästinenser das nächste Mal nach ihrer Plantage sehen, dann gibt es Ärger. Schau mal, da."

Sarah hielt eine Hand über die Augen und mit der anderen deutete sie in Richtung der Felsspitzen.

„Wenn ich das richtig sehe, sind dort schon fünf Bäume gefällt. Das lassen sie sich nicht gefallen."

„Ich rede mit denen", antwortete Josef, „entweder pflanze ich neue oder wir bezahlen den Schaden."

„Hoffentlich ist das so einfach", seufzte Sarah besorgt und blickte zum Himmel.

„Wenn wir Glück haben, regnet es heute noch."

„Endlich, wäre ja mal an der Zeit", erwiderte Josef.
Doch das, was sich da zusammenbraute, sah nicht nach normalem Regen aus. Der Himmel verfinsterte sich zusehends und das erste Donnergrollen war zu hören, als der Wagen des palästinensischen Plantagenbesitzers den Weg hoch zu den zwei Felsspitzen fuhr und eine große Staubwolke hinter sich herzog.
Josef überlegte, ob er mit dem Fahrrad dem Wagen hinterherfahren sollte, um die Angelegenheit zu klären, als dieser anhielt und drei Männer ausstiegen, die wild gestikulierend und unter Ausstoß von derben Flüchen in ihre Richtung zeigten.
Josef erschrak sich, als ein Donner bedrohlich nah zu hören war und kurz darauf der erste Blitz, noch in einiger Entfernung, einschlug. Plötzlich bemerkte er, dass Aaron hinter ihm stand. Er war durch das herannahende Gewitter munter geworden. Etwas verschlafen schaute er in die Richtung seines nächtlichen Werkes, wobei ihm ein Lächeln übers Gesicht huschte, welches sich Sekundenbruchteile später ins genaue Gegenteil verwandelte.
„Siehst du, Josef, mit denen kann man nicht in Frieden leben", sagte Aaron in einem Tonfall, der Josef Glauben machen sollte, er hätte rein gar nichts mit der Situation zu tun.
Josef sah besorgt, dass die Palästinenser immer näherkamen, wobei sie die unglaubliche Fähigkeit besaßen, so zumindest seine persönliche Einschätzung, dass, je schneller sie liefen, umso lauter schimpfen konnten.
Aus dem Augenwinkel bemerkte Josef, dass Aaron zurück ins Haus ging. Er überlegte kurz, ihm zu folgen, doch dann erschien es ihm wichtiger, die empörten Palästinenser zu empfangen, um Schlimmeres zu verhindern.

„Geh bitte ins Haus", sagte er zu Sarah, die immer noch dasaß, als wäre nichts geschehen.
Sie sah unglaublich schön aus, wie sie sich den Bauch hielt und in die Ferne blickte. Er wiederholte seine Aufforderung nochmals, daraufhin stützte sie sich mit beiden Händen auf den Armlehnen ab, um sich aus dem alten Korbsessel zu erheben, und folgte Aaron ins Haus.

„Wo ist der alte Idiot?"
Der älteste der drei Palästinenser verlieh seiner Frage Nachdruck, indem er seine Stirn in tiefe Falten legte und die Augenbrauen hochzog.
„Wir wissen, dass der das war", sagte der Zweitälteste, „wir haben nämlich eine Kamera installiert."
Das wiederum gefiel dem Ältesten der drei nun gar nicht, der eigentlich den Plan gehabt hatte, den Alten zur Rede zu stellen, um dessen Reaktion abzuwarten.
Josef versuchte alles, um die Situation nicht eskalieren zu lassen.
„Es tut mir leid", begann er und hielt beschwichtigend die Hände mit angewinkelten Armen vor den Oberkörper, um seiner Aussage zur Glaubwürdigkeit zu verhelfen, „ich bezahle euch den Schaden und ich pflanze neue Bäume. Lasst uns das in Ruhe regeln. Meinen Großvater ändern wir nicht mehr."
„Aber du musst dafür sorgen, dass der Alte sich nicht mehr an unseren Bäumen vergreift!", forderte der Älteste.
„Ich will es versuchen", antwortete Josef.
„Wollt ihr nicht reinkommen, wir können ja bei einem Tee besprechen, wie wir den Schaden regulieren."

Der älteste der drei Palästinenser schaute zu den anderen beiden und wartete auf eine Reaktion. Als diese durch ein Nicken ihre Zustimmung signalisierten, wandte er sich erneut an Josef.
„Gut, dann lass uns reden."
Josef hatte die Tür des massiven Zaunes geöffnet, mit dem das Grundstück gesichert war, als er hinter sich Schritte vernahm.
„Die kommen hier nicht rein!"
Aaron hatte sein Gewehr in der Hand, welches er aus seinem Zimmer geholt hatte, und legte dieses auf die drei Männer an.
„Hör auf mit der Scheiße!"
Josef war außer sich und stürzte auf Aaron zu, um ihm das Gewehr aus der Hand zu reißen. Dieser machte trotz seines hohen Alters einen erstaunlich schnellen Schritt zur Seite, der für Josef völlig unerwartet kam und ihn ins Leere greifen ließ. Fast wäre er noch gestürzt.
Josef drehte sich um und musste mitansehen, wie Aaron auf den ältesten der Drei erneut anlegte und laut sagte: „Verschwindet, ihr Pissnelken, sonst schieß ich euch die Rübe weg!"
Ohne auch nur eine Reaktion abzuwarten, drückte er ab und zog nur Sekundenbruchteile vorher die Waffe etwas nach oben, so dass die Kugel wenige Zentimeter über den Kopf des Ältesten pfiff.
Josef war wie vom sprichwörtlichen Donner gerührt, der sich just in diesem Moment aus dem immer schwärzer werdenden Himmel entlud. Das Grollen war immens und fast gleichzeitig schlug ein Blitz in einen der markanten Felsen

ein. Der Knall war ohrenbetäubend und Aaron schaute entzückt den Berg hinauf zu den Felsspitzen, die ihn so sehr an eine der ihm so verhassten Moscheen erinnerten.

„Wenn der Blitz das nicht schafft, dann spreng ich die Dinger irgendwann in die Luft", sagte Aaron lächelnd, „und die scheiß Olivenbäume gleich m…"

Aaron hatte den Satz noch nicht vollendet, als ihn mit voller Wucht ein faustgroßer Stein am Kopf traf. Der jüngste der drei Palästinenser schaute ungläubig seine rechte Hand an, die wie in Trance den Stein aufgehoben und ihn in die Richtung dieses schrecklichen alten Mannes geworfen hatte.

Aaron klappte wie ein nasser Sack zusammen. Er blutete an der Schläfe und rührte sich nicht mehr.

Josef stand noch immer wie versteinert da, als sich nach einem erneuten Donnerschlag die Schleusen öffneten und ein gewaltiger Platzregen niederging.

Die drei Palästinenser rannten zu ihrem Auto und Josef zu seinem Großvater. Aaron schien nicht mehr am Leben zu sein. Josef hatte gerade noch versucht, den Puls zu tasten, als er einen Schrei aus dem Haus vernahm. Er rannte ins Haus, wo er Sarah auf der Couch sitzend antraf. Sie hielt die Hände vor ihren Bauch und schrie mit schmerzverzerrtem Gesicht: „Ich glaube, es geht los!"

Josef überlegte, einen Krankenwagen zu rufen und sah aus dem Fenster. Der erste Regen, seit sie das Haus gebaut hatten, und nun zeigte sich, welche Fehler sie gemacht hatten. Diese Wassermassen konnte der ausgedörrte Boden nicht aufnehmen, und eine braune, schlammige Masse bahnte sich ungehindert ihren Weg durch den Zaun hindurch über ihr Grundstück und war im Begriff, Aaron unter sich zu begraben.

Josef wusste nicht, was er tun sollte. Er konnte die Tür nicht öffnen, wenn nicht alles ins Haus laufen sollte, als Sarah plötzlich wieder einen lauten Schrei ausstieß.

Nach einer kurzen Pause hörte er den Schrei eines Kindes. Er drehte sich um. Ariel, ihr Sohn war geboren. Wie dieser braune Schlamm, der den Berg herunterstürzte und sich durch nichts aufhalten ließ, so hatte sich Ariel mit Nachdruck den Weg in die Welt gebahnt.

Nun sollte die Geschichte ihren Lauf nehmen.

KAPITEL II

„Wann hat das gleich nochmal angefangen?"
„Ja, ich weiß", antwortete Sarah etwas pikiert und schaute den Psychologen genervt an.
„Es klingt nicht logisch, aber da hat er noch in die Windeln gemacht."
Ariel schaute ebenfalls extrem genervt. Einerseits hatte er Angst, dass die Anspannung wieder einen Tick auslöste, andererseits wollte er diese Kontrollverluste endlich loswerden.
Sarah sah Ariel mit einem versöhnlichen Gesichtsausdruck an, weil sie wusste, dass es ihm äußerst peinlich war. Sie versuchte kurz, seine Hand zu halten, die Ariel daraufhin sofort entschlossen wegzog.
„Ja", begann sie erneut, „als ich ihm eines Tages die Windel gewechselt habe, da hat er mich zufrieden angelächelt, die Nase gerümpft und ‚Gas!' gerufen und danach fast quietschend gelacht und mit den Beinen gestrampelt."
„Wie bitte, Gas?"
Der Psychologe schaute Sarah ratlos an.
„Na ja, ‚Gas' eben", sagte sie verlegen.
„Wir haben damals nichts darauf gegeben. Er konnte ja noch gar nicht sprechen. Noch nicht mal ‚Mama' und ‚Papa' und so, verstehen sie?"
„Nicht wirklich", antwortete der Psychologe.
„Also, wir dachten damals, das wäre nur so ein Laut, aber als das weiterging mit den ‚Lauten', da haben wir uns erkundigt. ‚Gas' ist ein deutsches Wort und bedeutet so viel wie Gestank, Geruch, verstehen sie, und alle seine Ticks, all die unkontrollierten Worte sind deutsch. Sein neuestes ist zum

Beispiel ‚Ficken', das bedeutet Geschlechtsverkehr, und jedes Mal, wenn er dieses Wort ausstößt, ja, genauso ist das, wie ein Ausstoß, dann reißt er wild seinen rechten Arm hoch! Können sie sich vorstellen, wie das in der Schule ankommt? Wir mussten schon zum Direktor. Ein Mädchen, das deutsche Wurzeln hat, hatte sich beschwert. Ariel ist zwölf, die Mädchen in seiner Klasse sind teilweise schon in der Pubertät."

„Interessant, interessant", der Psychologe kratzte sich am Kopf.

„Ariel, kanntest du die Bedeutung der Worte, als du sie ‚ausgestoßen' hast?"

„Klar", Ariel sah den Psychologen ungläubig an, „natürlich weiß ich, was das bedeutet", sagte er und spürte, wie er einen roten Kopf bekam.

„Ich will das ja gar nicht! Aber es passiert ganz einfach."
Dann sah er beschämt auf den Boden.

„Ja, aber hast du denn irgendwann mal Deutsch gelernt?", hakte der Psychologe nach.

„Nein, ich kann das ganz einfach!"

Ariel schaute schuldbewusst drein, er wusste, dass das einer der Knackpunkte in seinen früheren Therapien gewesen war, wo man ihm immer indirekt vorgehalten hatte, nicht glaubhaft zu sein, noch schlimmer, zu lügen. Aber es war so, er konnte Deutsch, er war sich sicher, dass er noch mehr konnte als die paar Worte, die, gepaart mit diesen körperlichen Zuckungen, so unkontrolliert aus ihm herauskamen. Er wollte aber nicht Deutsch reden, schon gar nicht diese fürchterlichen Worte. Wenn er nicht wüsste, dass es die Wahrheit war, er würde sich ja selbst nicht glauben.

Ariel erkannte schon wieder den gleichen Gesichtsausdruck bei dem Psychologen, wie bei den vorherigen zehn anderen. Der glaubt mir auch nicht, war sein bitteres Resümee. Ariel wollte den Dämon in sich einfach nur loswerden, ob mit Hilfe oder ohne, aber langsam wurde ihm bewusst, dass er sich allein helfen musste. Der Mensch, der ihm gegenübersaß, mit seinem zweifelnden, überheblichen Gesichtsausdruck, würde ihm dabei keine Hilfe sein. Soviel war klar.
„Lass uns gehen."
Ariel sah seine Mutter bittend an. Doch Sarah wollte noch nicht aufgeben.
Sie wollte, dass dieser Psychologe Ariel behandelte und damit den drohenden Schulausschluss verhinderte.
„So eine Therapie, das macht sich sicherlich gut, ich meine, das müssen die doch positiv für dich werten", hatte sie immer gebetsmühlenartig zu Ariel gesagt, jedes Mal, wenn es Ärger in der Schule gab.
Ariel war auch immer mitgekommen, doch nun hatte er beschlossen, die Sache in die eigenen Hände zu nehmen.
Er verstand nicht viel von dem ständigen Konflikt in seinem Zuhause, dem Haus auf dem Gebiet der Palästinenser. Überhaupt, die ganze Siedlung mit dem schweren, hohen Zaun drumherum, der Schulbus mit der Security, die den Schulweg nach Jerusalem sicherten. Aber eines war ihm klar, er würde lieber in Jerusalem wohnen. Da war zwar auch nicht alles einfach, aber zumindest wäre er dann kein „Siedler".
Ariel konnte auch nie verstehen, warum seine Nachbarn immer solche Andeutungen über seinen Uropa machten. Der Bürgermeister hatte immer dieses Leuchten in den Augen,

wenn er von Aaron redete, klopfte Ariel dabei andauernd gedankenversunken auf die Schulter. Mitunter so fest, dass Ariel diese den ganzen Tag lang wehtat und er Angst bekam. Nach solchen Begegnungen konnte Ariel meistens nur ganz schwer einschlafen.

„Du erinnerst mich total an Aaron", war einer der Sprüche, die ihm Angst machten. Denn manche seiner Mitschüler sagten, dass sein Urgroßvater ein Arschloch gewesen sei. Zumindest behaupteten das deren Eltern.

In diesen Nächten wachte er meist schweißgebadet auf und schämte sich gewaltig. Ariel wollte kein Arschloch sein, aber, was noch schlimmer war, er machte immer öfter ins Bett. Seine Mutter redete nicht darüber. Wie selbstverständlich hatte sie einen Wäschetrockner gekauft, damit nicht auffiel, dass jeden Tag Bettwäsche auf der Wäschespinne hing. Die Leute könnten ja reden.

Machten ja sowieso alle, redeten über ihn und seinen Urgroßvater Aaron, dachte sich Ariel in diesen Momenten, und er hasste seine Mutter für ihre vertuschende Art.

Jedes Mal, wenn es in der Siedlung mal wieder Ärger mit den Palästinensern gab, hieß es nur: „Wenn Aaron noch leben würde, dann hätten die sich das nicht getraut!" Und der Haussegen hing gewaltig schief, Mama und Papa stritten sich dann heftig. Ariel lief dann aus lauter Frust immer heimlich zum Haus des Bürgermeisters, rief dessen Hund zum Zaun und spielte eine Weile mit ihm, bis dieser so ausgelassen und zutraulich war, dass er seine anfängliche Scheu Ariel gegenüber verlor. Wenn er dann versuchte, das Stöckchen, welches Ariel immer ein Stückchen weiter vor dem Zaun platzierte, mit den Pfoten an sich zu ziehen, trat Ariel zu. Der Hund jaulte herzergreifend und trat mit eingezogenem Schwanz die Flucht an.

In diesem Moment spürte Ariel dieses gewaltige Gefühl von Macht und er fühlte sich seltsam befreit. Meist folgte dann noch ein Tick, und Ariel trottete wieder nach Hause.

Doch in letzter Zeit hatte er ein anderes Mittel gefunden, um sich zu beruhigen. Ariel hatte angefangen zu malen.

Diese Tätigkeit füllte ihn aus und er versuchte sich im Anfertigen von Postkarten, die er heimlich in die Ständer der hippen Werbekarten, die in vielen Bars und Cafés in Jerusalem hingen, steckte, um diese dann zu beobachten. Jedes Mal, wenn einer der Gäste eine seiner Karten einsteckte, wusste Ariel: „Ich werde Künstler, ich studiere Kunst und werde berühmt!"

Doch sofort wie die Zweifel zurückkamen, waren auch die Ticks wieder da.

In solchen Momenten überlegte Ariel immer, alles zu verbrennen. Alles, was er jemals gezeichnet hatte, zusammen mit den Büchern über Kunst, die er sich von seinem Taschengeld gekauft hatte.

Kapitel III

„Ach, du Scheiße!"
Der junge Assistenzarzt kam etwas verstört aus dem Zimmer, welches für Aufnahmegespräche in der Psychiatrischen Klinik in Jerusalem genutzt wurde, und steuerte direkt auf den Kaffeeautomaten zu.
„Die mörderische Triade", sagte er noch kopfschüttelnd, „kannte ich bis jetzt nur aus dem Lehrbuch."
Er steckte gedankenversunken ein Geldstück in den Schlitz und überlegte dann eine Weile, was er eigentlich trinken wollte. Sarah nutzte die Gelegenheit, um ihr Anliegen loszuwerden.
„Ach, Entschuldigung", sagte sie unsicher und versuchte, mit dem jungen Mann am Automaten in Blickkontakt zu kommen.
„Entschuldigung", startete Sarah den zweiten Anlauf und tippte dem Mann im weißen Kittel auf die Schulter, der nun endlich reagierte, „ich suche meinen Sohn, Ariel Hilb."
Der junge Arzt erschrak sich: „Sind sie schon länger hier?"
Ohne die Antwort abzuwarten, fuhr er schuldbewusst fort und strich sich durch die Haare.
„Nun ja, Frau Hilb, das muss noch gar nichts heißen", stammelte er weiter. „Ihr Sohn muss jetzt nicht zwingend ein Massenmörder werden. Zum Beispiel das mit dem Bettnässen wird in letzter Zeit kontrovers diskutiert, aber das mit der Brandstiftung und der Tierquälerei, das ist schon sehr besorgniserregend."
Sarah merkte, wie ihr die Tränen in die Augen stiegen.

„Von was reden sie da, ich suche meinen Sohn Ariel! Die Polizei hat mich angerufen und gesagt, dass ich ihn hier abholen kann. Was denn für ein Massenmörder?", sagte sie, mittlerweile schluchzend.
„Verzeihung, ich glaube, ich habe da Mist gebaut", antwortete der junge Assistenzarzt und lief knallrot an. „Kommen sie mal mit, Frau Hilb. Unser Chefarzt kann ihnen das besser erklären.

„Professor Königsberger mein Name, Frau Hilb."
Der Assistenzarzt hatte seinen Chef informiert, der daraufhin das Aufnahmezimmer verließ und nun mit ausgestreckter Hand auf Sarah zuging, nicht ohne nebenbei seinem Assistenten den Auftrag zu erteilen, nun zwei Kaffee zu besorgen.
„Sie sind also Ariels Mutter, Frau Hilb. Lassen sie uns kurz Platz nehmen."
Professor Königsberger wies mit der Hand den Weg in eine schlichte Sitzecke, die sich unweit des Kaffeeautomaten befand, und ging voraus.
„Nun, Frau Hilb, ihr Sohn ist bei uns", begann der Professor.
„Warum?", wollte Sarah wissen und wischte sich die Tränen vom Gesicht.
„Also", fuhr der Professor fort, „ihr Sohn Ariel hat einen Stapel Bücher an den Schuppen ihres Bürgermeisters gelegt und diesen angezündet. Da ein Nachbar den Qualm bemerkte, konnte Schlimmeres verhindert werden."
Sarah sah ihn erschrocken an.
„Aber ich habe mich noch gar nicht richtig vorgestellt, Frau Hilb. Ich bin Professor Königsberger und der Chefarzt in dieser Klinik. Nun, ich habe mich schon eine ganze Weile

mit ihrem Sohn unterhalten. Er war sehr kooperativ und hat viel erzählt. Auch über die Odyssee zu den ganzen Kollegen meines Fachgebietes und dass ihm niemand glauben wollte. So, wie ich das bis jetzt einschätzen kann, war das, was nun passiert ist, ein Hilferuf. Er konnte mir seine Nöte recht detailliert schildern. Auch über dieses Problem, welches er in sich trägt und die Angst, verrückt zu werden und durchzudrehen, haben wir gesprochen."
Er trank einen Schluck Kaffee. Sarah hatte sich inzwischen etwas beruhigt.
„Ich kann mich noch nicht festlegen, aber aufgrund seines Alters gehe ich von einer schizophrenen Episode mit einer Ich-Störung aus, die wir recht gut behandeln können. Endgültig aus der Bahn geworfen hat ihn, meiner Einschätzung nach, dass er beim Bagrut die notwendigen neunzig Prozent nicht geschafft hat, um studieren zu können. Ausgerechnet beim Fach Religion kam es wohl zum Eklat. Er, beziehungsweise die Person in ihm, die ihn schon sehr lange verfolgt, hatte sich wieder zu einer seiner obszönen Äußerungen hinreißen lassen. Beim Thema Beschneidung hatte er mit der ihm eigenen ‚Deutschstimme' gesagt, dass an seinen ‚Zipfel' nur Eva Braun rankäme, wer auch immer das sein soll. Ist er vielleicht verliebt in ein Mädchen mit einem solchen Namen?"
Der Professor schaute Sarah fragend an.
„Keine Ahnung, über solche Themen redet er nicht mit mir, überhaupt erreiche ich ihn nicht mehr. Ariel zieht sich immer mehr zurück."
Sarah weinte und schluchzte nun ungehemmt.
„Nun trinken sie erst einmal einen Schluck."

Professor Königsberger schob Sarah einen der Kaffeebecher entgegen, die der sichtlich schuldbewusste Assistenzarzt auf den Tisch gestellt hatte.

„Ich weiß gar nicht mehr, über was ich mich mit ihm unterhalten soll", sagte Sarah dann, wischte sich die Tränen ab und blickte den Professor erwartungsvoll an.

„Ja, Frau Hilb, mir ist auch aufgefallen, dass sich ihr Sohn über das normale Maß seines Alters hinaus mit stellenweise wirklichkeitsfremden Fragen über Mystik, Religion und Philosophie beschäftigt. Aber, wie gesagt, Frau Hilb", Professor Königsberger schaute kurz auf seine Uhr, „ich habe schon einige Ideen, wie man ihrem Sohn helfen kann. Dazu würde ich vorschlagen, dass ich einmal pro Woche ein Gespräch mit ihm führe, um ihn besser kennenzulernen. Ich muss jetzt leider zur Konferenz, sie können den ersten Termin aber gleich mit meinem Kollegen vereinbaren. Ihren Sohn können sie dann auch mit nach Hause nehmen."

„Ach, ja", Professor Königsberger schaute Sarah über den Brillenrand an, „die Polizei wird sich nochmal mit ihnen in Verbindung setzen. Ich werde denen mitteilen, dass sich Ariel in Behandlung befindet. Mit etwas Glück wird die Angelegenheit dann eingestellt."

Der Professor gab Sarah die Hand, legte seine zweite noch obendrauf und begann, diese zu schütteln.

„So, nun muss ich aber."

Er warf seinem Assistenzarzt einen strengen Blick zu, den dieser als Aufforderung verstand, zu übernehmen.

„Über was habt ihr denn heute geredet?"
Ariel schaute seine Mutter nur ganz kurz an, um sofort in seinem Zimmer zu verschwinden. Sarah sorgte sich, sie ging

ihm ein Stück hinterher, doch als sie bemerkte, dass die Tür von innen sofort verriegelt wurde, unterließ sie es anzuklopfen, um nochmals nachzuhaken.

Ariel hatte sich verändert. In positiver Hinsicht waren die Ticks verschwunden. Diese deutsche Stimme, die mit dem markant rollenden „R" unkontrolliert aus Ariel sprach, war nicht mehr da.

Der negative Aspekt – Ariel veränderte sich körperlich. Anfänglich klagte er über Schwindel und Müdigkeit. Auch Kopfschmerzen machten ihm zu schaffen.

Er hatte merklich zugenommen und immer wieder allergische Hautreaktionen, die laut Professor Königsberger völlig normal waren bei der medikamentösen Therapie, die Ariel nun helfen sollte, mit seiner Krankheit besser leben zu können.

Doch Ariel fühlte sich eigentlich nicht krank, zumindest bevor er diese Medikamente nehmen musste. Nun hatte sich aber etwas verändert. Er bemerkte selbst am deutlichsten, was mit ihm passierte und hatte rund um die Uhr damit zu tun, wenigstens seine optischen Veränderungen zu kaschieren. Von Anfang an hatte er alles aufgeschrieben, um in der Therapie nichts zu vergessen, was er dem Professor sagen wollte. Er hatte gedacht, dass der Professor dadurch selbst schnell mitbekommen würde, dass er nicht krank sei. Doch dieser war, im Gegensatz zu Ariel, hochzufrieden mit dem Verlauf der Therapie.

„So wie das läuft, bin ich zuversichtlich, dass die Polizei das Verfahren einstellt", sagte Professor Königsberger manträähnlich zum Abschluss jeder Therapiesitzung.

Doch Ariel ging es nicht gut. Er fühlte sich wie ein Topf, dem man einen Deckel übergestülpt hatte, und dieser Deckel war zusätzlich mit einem Einweckgummi gesichert, um das, was da im Inneren köchelte, nicht entweichen zu lassen. Doch ab und zu hob sich der Deckel unter dem enormen Druck ein wenig und das Innere kam für einen Moment ansatzweise zum Vorschein.

Ariel schrieb weiterhin alles detailliert auf, was sich in ihm und um ihn herum veränderte. Er hatte die erste Seite in seinem Tagebuch freigelassen. Nun hatte er einen Namen für seine Aufzeichnungen gefunden. Er schrieb in großen Buchstaben auf diese Seite: „A.H. – Mein Kampf".

Er war sichtlich zufrieden mit der Überschrift, doch dann nahm er nochmals den Stift und ergänzte darunter den Satz: „Gegen die Person in mir, die versucht, die Kontrolle über mich zu übernehmen."

„Jeden Morgen das Gleiche!"
Ariel war entsetzt über die Veränderungen, welche die Medikamente mit sich brachten. Er wusste, dass die Haare ausgehen konnten. Doch dieser paranormale Verlauf machte ihm Angst. Auch die Gewichtszunahme war merkwürdig, insofern er nur am Bauch zunahm, wie ein alter Mann, der zu viel dem Bier zusprach. Seine Arme und Beine hingegen behielten ihren mehr als dürftigen Umfang, so dass, wenn er vor dem Spiegel stand, schon der Vergleich mit Kermit, dem Frosch, aufkommen konnte, allerdings hätte dieser erhebliche Blähungen. Damit allein könnte er vorübergehend leben. Aber dieser Haarausfall! Das ging so nicht weiter.

Seine mühsam gepflegten Koteletten, die sein spärlicher Bartwuchs hergab, fielen immer mehr aus und wuchsen auch nicht mehr nach. Ebenso die Stammbehaarung seines Kopfes. Alle Haare, die normalerweise bei Männern ausfielen, die von Haarausfall betroffen waren, gediehen bei ihm prächtig, nur der Haarkranz rundherum war verschwunden. Aber das größte Problem war dieser Busch, der ihm direkt unter der Nase wuchs und das mit einer Intensität, als hätten alle Haare, die ausgefallen waren, sich dort neu angesiedelt. Jeden Morgen tastete er als erstes an diese Stelle, und jeden Tag hatte er das Gefühl, dass die Haare dort immer mehr wurden und noch schneller wuchsen. Ariel hatte einen Rasierer unter dem Kopfkissen liegen, um diesen Wildwuchs als erstes zu stutzen, noch bevor er sein Zimmer verließ, um ins Bad zu gehen, und möglicherweise seinen Eltern über den Weg lief.

KAPITEL IV

Professor Königsberger schaute Ariel intensiv an. Ariel war das peinlich, aber er hielt dem Blick lange stand, bevor er sich entschied, auf den Boden zu blicken.

„Nun gut", der Professor kratzte sich am Kinn, „die Stimmen sind also komplett verschwunden. Ich glaube, wir können es riskieren."

Er holte seinen Rezeptblock aus der Schublade, um eine schwächere Dosierung des Medikamentes aufzuschreiben. Ariel legte seine Hände auf die Oberschenkel und rieb sie nervös darauf. Er hatte einen Plan, und diese Medikamente gehörten mit Sicherheit nicht mehr dazu. Aber er hatte aufgehört, mit dem Professor über seine Ideen zu reden. Dieser überhebliche Blick, als er versucht hatte, mit ihm über seine Sicht auf die Welt zu philosophieren. Ja, Philosophie, das war es, was ihn interessierte und was er gern studieren würde.

„Ach, was ich gerne noch mit ihnen besprechen wollte", der Professor holte tief Luft und fuhr dann bedächtig fort, „sie kommen mir irgendwie, ja, wie soll ich das ausdrücken, ‚deutsch' vor."

Königsberger hatte seine Einschätzung so behutsam wie möglich vorgebracht, um Ariel nicht zu erschrecken.

„Ich meine damit nicht nur diese Stimme, die aus ihnen gesprochen hat. Mehr ihre Gedankenwelt und, naja, ihre neue Frisur erinnert mich auch so ein wenig daran. Ich habe da so eine Idee."

Ariel wurde immer nervöser. Er hatte eigentlich keine Lust mehr auf neue Ideen, die angeblich gut für ihn sein sollten. Aber er war fest entschlossen, diese letzte Sitzung über sich ergehen zu lassen. Die Anzeige gegen ihn war eingestellt worden und weitere Auflagen gab es nicht.

Nun gut, Ariel war bereit, sich auch diese neue „Idee" anzuhören. Er versuchte, einen interessierten Gesichtsausdruck aufzulegen und sah den Professor an. Dieser begann zu erzählen.

„Also, Ariel, ich kenne da jemanden in Deutschland, genauer bei der ‚Gesellschaft für Jüdisch-Christliche Zusammenarbeit' in München. Der könnte ihnen vielleicht einen Studienplatz in Deutschland vermitteln, da es ja hier in Israel für sie wegen ihres schlechten Bagruts nicht möglich ist. Aber in Deutschland sind die Zulassungshürden nicht so hoch und Deutsch können sie ja auch. Na, wie wäre das?"

Ariel musste schlucken. Alles hätte er erwartet, doch nicht solch ein Angebot.

„Philosophie wäre cool", antwortete er leise.

„Ja, prima!", Professor Königsberger schien erleichtert, „dann rufe ich mal meinen Bekannten an."

KAPITEL V

Ariel war nun schon den zweiten Monat in München. Alles war so entspannt, so ruhig. Das Studium hatte begonnen und der Kontakt, den ihm Professor Königsberger gemacht hatte, erwies sich immer mehr als Volltreffer.
Ariel hatte sich für ein Stipendium beworben und es bekommen. Gegen den ausdrücklichen Rat des Professors hatte er gleich nach der letzten Sitzung, beziehungsweise nachdem er das Schreiben der Polizei erhalten hatte, dass der „Vorfall" eingestellt worden war, die Medikamente abgesetzt.
Er fühlte sich wohl. Seine medikamentös bedingten Nebenwirkungen waren verschwunden. Der normale Haarwuchs kam zurück, und auch sein überdimensionaler Bauchumfang hatte sich vorerst zurückgebildet. Er hatte sich die Haare am ganzen Kopf geschoren, unter Studenten war so eine Glatze durchaus üblich.
Sein Deutsch war hervorragend. Keiner seiner Mitstudenten glaubte ihm, dass er aus Israel kam. „Also, wenn du überhaupt einen Akzent hast, dann einen leicht bayerischen oder österreichisch", waren die einhelligen Kommentare.
Seine Ticks waren verschwunden, doch was Ariel etwas beunruhigte war, dass er Wörter gebrauchte, die er persönlich gar nicht hinterfragte, die einfach da waren, jedoch bei den Menschen, denen gegenüber er diese gebrauchte, zumindest ein Stirnrunzeln hervorrief. Manche dieser Menschen schauten sich auch nur ungläubig an.
Für Ariel waren solche Wörter wie „Endsieg" oder „Großreich" völlig normal. Nebenbei hatte er von seinem Bürgermeister, dem er den Schuppen angezündet hatte, früher

schon mal gehört, dass sein Urgroßvater so gesprochen hatte.
Aber seine Worte kamen mit einer solchen rhetorischen Wucht und Präsenz aus ihm heraus wie früher seine Ticks, so dass er sie schon „der Person in ihm und deren Hang, die Kontrolle zu übernehmen", zuordnete und sie als „entartet" in seinem Tagebuch markierte. Auch so ein Ausdruck, der ihm irgendwie zugeflogen war.
Aber ihm als Israeli ließ man solche Ausdrücke nach anfänglicher Skepsis einfach durchgehen. Auch wenn danach getuschelt wurde: „Der redet ja wie der ‚Adi'." Das hatte Ariel mal aufgeschnappt, wer auch immer das sein sollte. Bei Nachfragen hatte er nur ein verschämtes „Das war doch nur Spaß" als Antwort erhalten. Er war ratlos, wen konnte er fragen?
Aber eigentlich gab es wichtigere Fragen, die ihn beschäftigten. Sein Studium füllte ihn aus, er begann immer mehr zu begreifen, was vorher nicht zu begreifen gewesen war. Philosophie von Oben und von Unten, Marx, Engels, Hegel, Kant. So viele neue Ideen strömten auf ihn ein.
Ariel hatte sich für eine Vorlesung entschieden, „Buddhistische Philosophie". Eine Religion ohne Gott, das klang stimmig in seinen Ohren. Zu sehr waren die ganzen Konflikte präsent zwischen Israel und Palästina und die damit verbundene Frage, welcher Gott denn nun der richtige sei.
Ariel fieberte dem Tag entgegen, an dem diese Vorlesung stattfinden sollte.

KAPITEL VI

Was für eine Erscheinung! Dieser Dozent aus dem thüringischen Möhra beeindruckte Ariel nachhaltig. Nicht nur das Thema war faszinierend, auch das Outfit war etwas ganz Besonderes. Ernst Hornacker, so der Name des Dozenten, sah aus wie eine Figur aus einer vergangenen Zeit. Er trug, entgegen den neuesten modischen Gepflogenheiten, Sachen, die man getrost als Ladenhüter in jedem Secondhandshop bezeichnen konnte, die aber perfekt zu seinem restlichen Stil passten. Die streng gescheitelten, mit Pomade in Form gebrachten Haare sowie die antiquierte Hornbrille versetzten das Gesamtkunstwerk Dozent in die siebziger, achtziger Jahre des vergangenen Jahrtausends.

Alles hätte Ariel erwartet, einen Althippie mit langem Bart und altem VW Bus oder einen introvertierten Glatzkopf, der, gemäß der Genügsamkeit buddhistischer Mönche, auf jeden Luxus verzichtete, und nun dieser faszinierende Mensch.

Anfangs hatte Ariel starke Schwierigkeiten, ihn überhaupt zu verstehen. Dieser ostdeutsche Akzent, den er in einer Art Singsang zelebrierte, verlor jedoch just in dem Moment seine Herausforderung, als Herr Hornacker über Karma und dessen Einfluss auf die Wiedergeburt oder den Einzug ins Nirvana referierte.

Ariel konnte sich vor Spannung nicht rühren. Er hatte das Gefühl, dass die Person in ihm ihn in einer Art Starre zur Untätigkeit verdammte, um selbst besser den Ausführungen lauschen zu können.

Die anfängliche Unruhe im Hörsaal war verschwunden. Ariel hatte das Gefühl, eine Stecknadel fallen hören zu können. Bis ihm auf einmal ein von einem stechenden Schmerz im Kopf begleiteter Einfall kam. Er, Ariel, war die Wiedergeburt von „Adi", wer auch immer das war! Und er, Ariel, hatte nun den Auftrag, Gutes zu tun im Leben, um diesen Adi zu besiegen und seinen Einzug ins Nirvana vorzubereiten!

Alles erschien ihm in diesem Augenblick glasklar. Er bemerkte, dass der Schmerz in seinem Kopf, der sich anfühlte, als wolle ihm jemand sein Gehirn zerquetschen und ihn am Denken hindern, abrupt nachließ und er die Stimme in sich vernahm: „Mist! Er hat's begriffen."

Dieser Satz wurde von einem der schwersten Ticks seit langem begleitet. Ariel sprang von seinem Sitz auf, warf die rechte Hand in die Höhe und rief: „Scheiße!"

Alle im Saal schauten ihn plötzlich an. Er musste seine ganze Kraft aufwenden, um sich wieder setzen zu können, er merkte, wie er knallrot anlief. Doch, was noch schlimmer war, er hatte wieder dieses fürchterliche Kribbeln unter der Nase. Dieses untrügliche Anzeichen, dass der Haarbüschel an dieser Stelle wieder schneller zu wachsen begann.

Herr Hornacker hatte seine Brille abgenommen und schaute Ariel lange direkt ins Gesicht.

„Wie meinen?", sagte er in dem ihm eigenen Singsang.

Kapitel VII

„Na, dann Prost!"
Hornacker sah Ariel über die Brille hinweg an, schob ihm einen der Bierkrüge rüber, die er gerade geholt hatte, und hielt den zweiten in die Höhe, um mit Ariel anzustoßen.
„Mir war vom ersten Augenblick an klar, dass du etwas Besonderes bist. Äh, ich meine natürlich, dass du, genau wie ich, eine besondere Prüfung zu bestehen und daraus resultierend eine besondere Verantwortung hast.
Es ist doch okay, wenn ich Du zu dir sage?"
Herr Hornacker hielt seinen Kopf schief und schaute Ariel fragend an.
„Na klar", antwortete dieser und nahm einen Schluck Bier, welches ihm im ersten Moment überhaupt nicht schmeckte. Kurz erinnerte er sich daran, dass Professor Königsberger ihn eindringlich davor gewarnt hatte, Alkohol zu sich zu nehmen. Aber wie könnte er diesen beeindruckenden Dozenten vor den Kopf stoßen, der ausgerechnet ihn, Ariel, nach der Vorlesung gefragt hatte, ob er Zeit hätte, ihm einige Fragen zu beantworten.
„Wenn ich sie auch einiges fragen kann", hatte Ariel kess erwidert.
„Natürlich", entgegnete Hornacker daraufhin mit einem hintergründigen Lächeln.
„Selbstverständlich!", beim zweiten Bekräftigen seiner Zusage verfiel er wieder in seinen Singsang, der Ariel anfangs erhebliche Verständnisprobleme bereitet hatte.
„Also, Ariel, wann hat es denn bei dir mit diesen Ticks angefangen?"

Ariel überlegte kurz, was er darauf antworten sollte. Die Situation erinnerte ihn zusehends an das einseitige Frage-Antwort-Spiel, welches er an den Sitzungen mit Professor Königsberger so gehasst hatte.

Er nahm einen großen Schluck Bier und fand jetzt, dass der bittere Anfangsgeschmack einem angenehm würzigen gewichen war.

„Nun gut", Hornacker spürte das Unbehagen seines Gegenübers, „dann werde ich mal in Vorleistung gehen. Bei mir begann es folgendermaßen. Ich habe ständig ‚Freundschaft' gesagt und meine Faust nach oben gestreckt. Du kannst dir ja vorstellen, was das bei meinen Mitschülern und Lehrern ausgelöst hat. ‚Spinner' war noch das mildeste Urteil. Andere hielten mich für aggressiv, weil ich ihnen die Faust entgegenhielt, und mein Psychiater diagnostizierte mir eine gespaltene Persönlichkeit. Nun ja, aber wenn ich mich nicht völlig täusche, ging es dir nicht viel anders."

Ariel trank hastig einen größeren Schluck.

„Da hatten sie ja richtig Glück", sagte er hektisch, „bei mir waren es solche Worte wie Ficken, Gas, Scheiße. ‚An meinen Zipfel kommt nur Eva Braun', und mein Deutschvokabular erinnert die meisten Leute, mit denen ich es hier in Deutschland zu tun habe, an einen Adi, wer auch immer das ist. Das will mir ja niemand sagen."

Plötzlich passierte es wieder, Ariel stand auf, schmiss den Arm mit ausgestreckter Hand nach oben und brüllte: „Scheiße!", was auch noch, wohl dem Bier geschuldet, mit mächtigem Rülpsen untermalt wurde.

Die Stille im Biergarten war mit Händen zu greifen. In einer Ecke saßen junge Männer, die in Trachtenlederhosen, karierten Hemden und Filzhüten ein sehr uniformes Bild abgaben, und schauten sich mit knallroten Gesichtern einige Sekunden ab, bevor der Erste herausplatzte: „Der Adi ist wieder da!", und der ganze Tisch in schallendes Gelächter ausbrach. An einem anderen Tisch waren sich chinesische Touristen unsicher, ob sie nun ein Foto von Ariel machen sollten, da es sich anscheinend um eine lokale Berühmtheit handelte, und diskutierten das angeregt.

Die große Mehrheit schaute einfach nur entsetzt, was Hornacker veranlasste, aufzustehen und mit einer beschwichtigenden Geste in die Menge zu rufen: „Alles in Ordnung! Es handelt sich hier lediglich um einen philosophischen Diskurs, kein Grund zur Besorgnis."

KAPITEL VIII

Der Kater war gigantisch. Ariel hatte noch nie zuvor so viel Alkohol getrunken. Doch die Geschichte, die Hornacker erzählt hatte, war nahezu unglaublich.

Er, der Dozent für Buddhistische Philosophie, hatte einen kommunistischen Tyrannen in sich, der sein Volk eingesperrt hatte und diejenigen, die fliehen wollten, mit Selbstschussanlagen, verminten Todesstreifen und Soldaten mit Schießbefehl daran hinderte, sein Reich zu verlassen.

Vor allem ein Zitat, welches Hornacker, auch nicht mehr ganz nüchtern, vehement wiederholte, hatte Ariel nachhaltig beeindruckt. „Triffst du Buddha, töte ihn", daraus hatte er für sich abgeleitet, Hornacker wollte den Tyrannen in sich töten und hatte deswegen schon mehrfach versucht, Kontakt zu diesem aufzunehmen. Ein Gleichnis im Buddhismus besagt, dass Buddhas Belehrungen bewusst hinterfragt und durch eigene Erfahrungen überprüft werden sollten. Daraus schlussfolgerte Ariel, die Person in ihm sollte keine Macht haben, notfalls musste er eben diesen „Adi" töten.

Ariel nahm den Zettel mit den Notizen, die er sich gemacht hatte, und versuchte, diesen zu entziffern. Die Spuren des Alkohols hatten sich verheerend auf das Schriftbild ausgewirkt. Auch hatte er hebräische mit deutschen Buchstaben vermischt. Doch langsam kam Licht ins Dunkel.

Er, Ariel, hatte jetzt die Anleitung, wie er Kontakt aufnehmen könnte mit dem „Adi" in sich.

Als er den Zettel, den er nochmals sauber aufgeschrieben hatte, laut vorlas, sah er Hornacker vor sich, der mit ernster Miene und mehrfacher Mahnung zur Einhaltung des Rituals drängte.

„Wenn du allein einen LSD Trip machst, musst du immer mindestens drei Flaschen Hochprozentiges und sechs bis sieben Joints dabeihaben, um den Trip zu kontrollieren und nicht drauf hängenzubleiben. Wenn die Gedanken aus dem Körper verschwinden, kann man sie damit zurückholen."
Eine Mahnung, die Ariel unbedingt beherzigen wollte. Die Schilderungen Hornackers, als ihm einmal zwei Joints fehlten und er trotzdem den Kontakt riskierte, waren zu erschreckend.
Erich, so hieß die Person, die Hornacker terrorisierte, hatte er bei seinem ersten Trip in Chile kontaktiert. Doch dieser war schon sehr betagt gewesen und hatte sich nach einem kurzen Gespräch schlafen gelegt, jedoch lief dessen Frau Margot dann zur Höchstform auf. Erst hatte sie Bohnenkaffee gekocht und Kuchen gebacken. Doch als sie dann alles mit süffisanter Miene servierte und sich ihrer Kittelschürze entledigte, worunter sie nackt war, hatte Hornacker das dringende Bedürfnis verspürt, die drei Flaschen Hochprozentiges in einer Art Druckbetankung in sich hineinzuschütten, um danach die erlösenden Joints zu rauchen, die ihn zurück in die weniger grausame Realität bringen sollten. Doch Margot hatte sich lechzend neben ihn gesetzt, eine Hand zwischen seine Schenkel gelegt und mit der anderen versucht, ihm den Joint abzunehmen, um selbst einen Zug zu erhaschen. Hornacker hatte Panik bekommen, ihm fehlten eh schon zwei Joints, und dann wollte die auch noch mitrauchen!
Selbst jetzt, bei der Schilderung dieses Vorfalls, hatte der Dozent noch Schweißperlen auf der Stirn, auf diesem Horrortrip hatte er auf keinen Fall hängenbleiben wollen.

Doch Ariels Entschluss stand fest. Er wollte diesen radikalen Schritt gehen, um den Tyrannen, der in ihm wohnte, davon zu überzeugen, sich jemand anderen zu suchen.

KAPITEL IX

Irgendwie begannen die Tage der nächsten Wochen immer gleich. Ariel hatte Gefallen daran gefunden, in die Biergärten zu gehen. Einerseits war er dem Bier nicht abgeneigt, welches ihm von Tag zu Tag besser schmeckte und ihm den trügerischen Eindruck vermittelte, immer mehr davon zu vertragen. Andererseits war er immer mehr in Diskussionen mit Studenten verstrickt, die ihn anfangs argwöhnisch beäugt hatten. Er, Ariel, fand diese Leute zuerst auch sehr suspekt, mit ihrer uniformen Kleidung, dem gestreiften Band quer über dem Oberkörper und der auffälligen Narbe längs über der meist linken Wange. Doch diese Leute hörten ihm zu.

Noch besser, sie applaudierten nach anfänglicher Zurückhaltung stürmisch, wenn er wieder einmal eine seiner philosophischen Thesen zum Besten gab, die er, je nach Alkoholpegel stellenweise auf dem Biertisch stehend, mit dem Maßkrug in der Hand vortrug. Niemand drehte die Augen nach oben und fing an zu tuscheln. Nein, die Zustimmung war so beeindruckend, dass er sich richtig wohlfühlte. Ein Israeli mit solch einem Weltbild, einfach Klasse, so die einhellige Meinung seiner neuen Freunde. Ariel fühlte sich verstanden. Auch die Person in ihm, „Adi", meldete sich nicht mehr mit diesen schrecklichen Ticks. Zuweilen schien es, dass Alkohol, entgegen der eindrücklichen Warnung von Professor Königsberger, eine vermittelnde Rolle zwischen ihm und „Adi" einzunehmen schien. Wobei „Adi" schon schleichend die Oberhand gewann.

In der Uni traute er sich nicht, über die Thesen zu reden, die abends so aus ihm heraussprudelten. Es wurde zu einer

Selbstverständlichkeit, dass er sich Morgen für Morgen eine Kopfschmerztablette in einem Glas Wasser auflöste, bevor er zur Uni ging. Ariel war schon klar, dass es so auf Dauer nicht weitergehen konnte. Doch er war süchtig nach der Anerkennung, die ihm seine bierseligen Reden einbrachte.
Trotz seiner abendlichen Hochstimmung versuchte Ariel jeden Morgen, sich zu motivieren, seinen Plan, Kontakt mit „Adi" aufzunehmen, nun endlich anzugehen. Doch die erste Frage war, woher sollte er dieses LSD bekommen, welches ihm Hornacker empfohlen hatte. Er war, was solche Dinge betraf, völlig unbedarft. Bier, Schnaps, Wein war ja überall erhältlich. Aber LSD?
Die Menschen, mit denen er abends verkehrte, vergnügten sich mit Bier und Schnaps. Die meisten seiner Mitstudenten tranken auch mal Wein.
Ariel ahnte, wenn ihm einer weiterhelfen konnte, dann war es sicher Bernhard, dieser
smarte Langhaarige, aus dessen Kopfhörern immer diese hämmernden Technobeats penetrant in die Umwelt drangen. Bernhard schmiss ziemlich lässig ab und zu einige dieser suspekten Pillen vor Vorlesungen ein, um den langweiligen Scheiß zu überstehen, wie er cool von sich gab. Alle wussten, dass das keine Vitamine waren. Doch wie würde Bernhard reagieren?
Im alltäglichen Miteinander gab Bernhard Ariel das Gefühl, für ihn Luft zu sein. Doch als dieser, während Ariel über ihn nachdachte, wie auf Befehl plötzlich vor ihm stand, wusste Ariel, er musste es jetzt riskieren, und ging schnurstracks zwei Schritte auf Bernhard zu, bevor er abrupt stoppte. Es war wieder soweit, ein Tick war im Anflug. Ariel stand wie

angewurzelt da, schrie: „Scheiß Hippie!", und warf die rechte Hand nach oben.

„Das nenne ich mal eine schräge Kontaktaufnahme, du scheiß Glatze", entgegnete Bernhard und war grinsend im Begriff, weiterzugehen.

„Ich brauch was!", rief Ariel im letzten Moment.

„Paar in die Fresse kannste haben, wenn du so weitermachst."

Bernhard musterte Ariel plötzlich mit strengem Blick, gleichzeitig war da auch etwas Erwartungsvolles, so hoffte Ariel zumindest.

„Entschuldigung wegen dem scheiß Hippie. Ich brauche was zum Entspannen."

„Das glaube ich allerdings auch", antwortete Bernhard grinsend. „Na, dann komm mal mit. Da vorne sind wir ungestört."

„Was, LSD? Wie oldscool." Bernhard schüttelte den Kopf.

„Du willst es dir ja gleich richtig geben. Hast'e denn einen Tripsitter?"

„Einen was?", fragte Ariel verdutzt und merkte, wie er rot anlief.

„Bei dir muss ich ja ganz von vorn anfangen. Ich meine jemanden, der dich berät oder auf dich aufpasst."

„Ja, hab ich", antwortete Ariel, ohne darüber nachzudenken.

„Na gut", Bernhard schaute Ariel tief in die Augen, „ich frag jetzt mal nicht, warum der dir das nicht besorgt. Was brauchst'e denn?"

„Wie meinst du das?", fragte Ariel schüchtern, „ich sag doch, LSD."

„Du bist ja witzig", antwortete Bernhard gelangweilt.

„Willst'e 'ne Motivpappe oder Mikros?"
Ariels Kopf begann zu schmerzen. Noch eine Schlappe wollte er sich nicht erlauben.
„Eine Motivpappe", sagte er zögerlich, „wenn es geht, soll ‚zu Adi' draufstehen."
Bernhard schüttelte ungläubig den Kopf.
„Wie du willst. Der Kunde ist König. Morgen Mittag in der Mensa."

KAPITEL X

Ariel war übel. Er musste hier geschlafen haben, zumindest konnte er sich nicht daran erinnern, wie er auf diese Parkbank gekommen war.
Er blickte sich um. Neben der Bank, auf der er saß, lag sein Fahrrad auf dem Rasen zwischen zwei Stauden. Er versuchte sich zu konzentrieren, was war denn nur passiert …?
Ariel wollte aufzustehen, dabei wurde ihm schwindelig und er bekam einen Scheißausbruch. Klar, jetzt erinnerte er sich! Bernhard hatte ihm LSD besorgt. Ariel wusste, dass es eine Zeit braucht, bis die Wirkung einsetzt, also hatte er es gleich nach dem Kauf eingenommen und noch schnell mit dem Fahrrad nach Hause fahren wollen, wo er die drei Flaschen Hochprozentiges stehen hatte, ebenso die Joints. Aber so, wie es jetzt aussah, war er dort nicht mehr angekommen.
Ariel bekam plötzlich Angst. War das, was er gerade erlebte, real oder war er noch immer berauscht?
Er versuchte, sich zu erinnern. Als er mit dem Fahrrad nach Hause gefahren war, hatte plötzlich dieser komische Typ vor ihm gestanden, war von seinem lila Elefanten abgestiegen und hatte ihm den Weg versperrt, so dass Ariel ebenfalls vom Fahrrad steigen musste und es zur Seite gelegt hatte.
„Ich heiße Zwiesel", hatte sich die merkwürdige Erscheinung vorgestellt. Er sah aus wie ein indischer Maharadscha, hatte einen riesigen Turban auf und machte den Eindruck, als ob er ständig umzukippen drohte, was wahrscheinlich auf diesen übergroßen Kopfschmuck zurückzuführen war.
„Kann ich dein Ticket sehen?", hatte er dann forsch gefragt, nachdem er mitbekommen hatte, dass Ariel ihn irgendwie lustig fand.

„Wie, Ticket?", Ariel hatte den Eindruck, dass er ihn nicht richtig verstanden hatte. Überhaupt ging es ihm merkwürdig, alles drang nur gedämpft zu ihm durch und sein Körper fühlte sich wie eine Schaufensterpuppe an, die gerade Laufen lernte und deswegen äußerst seltsam, irgendwie hölzern, funktionierte.

„Dein Ticket!" Der Zwiesel hatte dann auch den letzten lustigen Zug aus seinem Auftreten eliminiert und war Ariel sehr bedrohlich vorgekommen. Seine Augen traten heraus, färbten sich grün ein und sein Gesicht wurde zunehmend blau, und als wäre das noch nicht beängstigend genug gewesen, trompetete sein lila Elefant laut und schwenkte danach seinen Rüssel von einer Seite auf die andere.

„Ich weiß nicht, was du meinst", hatte Ariel ängstlich geantwortet.

„Ach du Scheiße", der Zwiesel schaute wieder etwas freundlicher, „dein erster Trip?"

„Ja", erwiderte Ariel immer noch eingeschüchtert.

„Ich meine natürlich deine Motivpappe, ich sammle die", erklärte der Zwiesel nun sichtlich entspannt, „und außerdem muss ich ja wissen, wo du hinwillst. Ich hoffe, du hast das draufgeschrieben. Ich habe keinen Bock, dass dann wieder Beschwerden kommen, wenn dir danach irgendetwas nicht gepasst hat."

Als Ariel dem Zwiesel die Pappe gegeben hatte, studierte dieser sie aufmerksam, nachdem er eine Weile vergeblich seine Lesebrille gesucht hatte.

„Geil, das Motiv habe ich noch nicht", freute er sich kindlich, „aber was steht denn da, das kann ja keine Sau lesen! Wer ist denn bitte ‚Adi oder so'?"

Ariel griff in seine Hosentaschen und suchte dann in der Jacke. Die Motivpappe war weg. Er konnte das also nicht nur geträumt haben. Aber sämtliche Erinnerungen daran ließen seinen Kopf schmerzen, und das Surreale der Ereignisse ließ ihn erneut zweifeln, wie er diese einstufen sollte.

Ariel war ein anderer Mensch geworden. Der Zwiesel hatte mit „Adi" genauso wenig anfangen können wie er und ihn auf eine unglaubliche Reise geschickt.

Er war zugegen gewesen, als die Welt entstand. Hatte den Grund der Tiefsee erblickt und Unglaubliches entdeckt. Plantagen voll Cannabis wuchsen in perfekter Harmonie mit schwarzen Rauchern in Tiefen, in die vor ihm nie ein Mensch vorgedrungen war, und gerade, als er ein schlechtes Gefühl bekam, weil er die Flaschen Hochprozentiges und seine Joints nicht dabeihatte, war er in einen Strudel geraten, der ihn in einer unglaublichen Geschwindigkeit aus dem Wasser katapultierte und ihn in eine alte Stadt schleuderte.

Er hatte kaum Zeit gehabt, sich zu orientieren, als er einen Mann im langen Gewand und mit einer Art Topfschnitt als Frisur vor sich hinmurmelnd irgendwelche Zettel an eine Kirchentür nageln sah.

„Volltreffer", hatte sich Ariel gedacht, „das ist bestimmt der Adi." Obwohl ihn der umständliche Weg dorthin anfangs schon verwundert hatte.

Ariel fühlte sich allmächtig, so, als hätte er auf seiner Reise zur Entstehung der Erde sämtliches Wissen dieser in sich aufgesogen. Was sollte ihm also passieren, er ging, immer noch in diesem merkwürdig hölzernen Gang, schnurstracks auf den Mann zu und tippte ihm auf die Schulter.

Der Mann drehte sich schlagartig um und hielt den Hammer, mit dem er gerade die Nägel eingeschlagen hatte, gegen Ariel gerichtet in die Höhe.

„Was will Er? Warum belästigt Er mich?", sagte er, und seine Hand, die den Hammerstiel anscheinend zerquetschen wollte, lief vor lauter Anspannung lila an.

„Servus, ich bin der Ariel. Bist du der Adi?"

„Wie, Adi, ich bin der Martin! Und, was will Er?"

Als der Mann die Frage wiederholte, überkam Ariel ein beklemmendes Gefühl.

„Wie, er?", fragte Ariel etwas verwirrt nach.

„Na, Er!", wiederholte Martin und zeigte mit dem Finger auf Ariel.

„Ach, ich", begriff Ariel erleichtert, „ich bin Ariel und suche Adi."

„Soso, ein Jude also, will Er mich etwa daran hindern, meine Thesen anzuschlagen, oder will Er den christlichen Glauben annehmen?"

Martin blickte Ariel prüfend in die Augen, um ihn danach verächtlich von oben bis unten zu mustern.

„Scheiße, Alter", Ariel überkam wieder ein Schub seines Allmachtgefühls, „was bist du denn für ein schräger Vogel! Schon mal was von Toleranz gehört?"

Martin hielt den Hammer immer noch in der Position, als wolle er gleich zuschlagen.

„Er trägt ein seltsames Gewand, spricht seltsam, gebraucht fremdartige Worte. Toleranz, kenne ich nicht. Was will Er?"

Ariel wusste nicht weiter, als er erleichtert die Stimme des Zwiesels vernahm.

„Mist, das scheint schief zu gehen. Adi? Ich glaub', jetzt hab' ich's."

Ariel war wieder in diesen Strudel geraten und hatte sich erleichtert den Schweiß von der Stirn gewischt, wobei er sich einen Span in den Handrücken trieb. Was für ein krasser Scheiß, dachte er sich, als ihm nach und nach alles wieder einfiel. Doch der richtige Horror sollte erst noch folgen, wenn er sich recht erinnerte, war er als nächstes bei einem Stalin gelandet, der ihn nach Sibirien deportieren wollte. Geistesgegenwärtig hatte er ihm seinen Wodka entwendet und einige Zigaretten eingesteckt, die dort herumlagen, und so war ihm die Flucht gelungen.

Nun saß er auf der Parkbank und grübelte. Sein Leben schien seltsam bereichert, doch Adi? Mit dem hatte er immer noch keinen Kontakt, und ein diffuses, dunkles Gefühl sagte ihm, dass dieser immer noch in ihm hauste und sein Leben kontrollierte.

Ariel musste an Hornacker denken, der zwar das Glück hatte, mit seinem inneren Despoten in Kontakt gekommen zu sein, doch geändert hatte das auch nichts. Er hatte ganz einfach lernen müssen, diesen zu akzeptieren als eine Art Prüfung, die er zu bestehen hatte, um, nachdem er im Hier und Jetzt Gutes getan hatte, ins Nirvana zu gelangen.

In diesem Moment beschloss Ariel, Gutes zu tun, gegen den Widerstand von Adi. Er fühlte sich so stark wie nie zuvor. Er würde für Frieden sorgen zwischen Israel und Palästina! An dieser Aufgabe hatten sich schon Friedensnobelpreisträger die Zähne ausgebissen. Für ihn, Ariel, wäre dies sicherlich das Ticket ins Nirvana.

Ariel stieg aufs Fahrrad und stürmte los. Für die quietschenden Reifen, welche die Notbremsungen einiger Autos verursachten, und das darauffolgende Hupkonzert hatte er kein

Verständnis. Diese Ampeln sind doch nur was für Schwache, für Verlierer, nicht für mich! Ich werde die Welt verändern!

Der Plan nahm erste Konturen an in seinem Kopf. Er hatte noch den Shitstorm in klarer Erinnerung, den ein ehemaliger iranischer Präsident in Israel ausgelöst hatte mit seiner provokanten Aussage: „Wenn es ein historisches Recht für einen Staat Israel gäbe, dann müsse dieser in Deutschland sein!"

Ariel konnte sich noch genau erinnern, wie sein Despot Adi ihm damals das Gefühl vermittelt hatte, innerlich zu kollabieren, als er diese Aussage vernommen hatte. Dem war ein Tickstorm gefolgt, den er so noch nicht erlebt hatte, und der ihn am Abend vor Erschöpfung in einen komatösen Tiefschlaf versetzt und ihn noch nächtelang mit Alpträumen traktiert hatte.

Ganz aus dem Kopf hatte er diesen Satz nie bekommen und in seiner kindlichen Naivität auch damals nicht verstanden, warum dies niemand als ernsthaften Vorschlag zu prüfen bereit war. Israel, ein Teil von Deutschland.

Ihm kam ein genialer Einfall. Die Parallelen zwischen seiner Heimat und dem Bundesland, in dem er jetzt in Deutschland studierte, waren so eindeutig, dass sein Plan sich quasi aufdrängte. Die Bayern konnte in Deutschland schließlich auch niemand leiden.

Als erstes würde er seine Ideen bei seinen abendlichen Freunden aus der Verbindung im Biergarten vorstellen. Diese toleranten Menschen, bei denen er sich das erste Mal in seinem Leben mit all seinen speziellen Eigenarten richtig zu Hause fühlte. Die würden ihn sicher mit Rat und Tat unterstützen.

Kapitel XI

„Dir haben sie wohl ins Hirn g'schissen, du Preiß, du depperter!"

Ariel sah den Maßkrug noch kommen, der sich durch elliptisch kreisende Bewegungen während seines Fluges vom restlichen Bier trennte, das sein Besitzer vorher bei Ariels Rede geschockt ins Glas zurückgespuckt hatte.

Ariel war so perplex, dass er nicht in der Lage war, auszuweichen. Hatte er doch noch nicht einmal die erste Seite seines Arbeitspapieres „Bayerisch-Israelisches Freundschaftsprojekt" vorgelesen. Nun war er von oben bis unten durchnässt von dem Bier, welches ihm entgegengeschleudert wurde, und der Bierkrug traf ihn direkt an der Schläfe, was ihm erlösend die Beine wegzog. Ariel war bewusstlos, und der Adi in ihm hoffte, dass dieser Zustand noch möglichst lange anhielt.

„Möchten sie Anzeige erstatten?"

Wie, was, wo bin ich?"

Ariel schaut in die Augen des uniformierten Polizisten, der, über ihn gebeugt, seine Frage wiederholte.

Ariel blickte sich um. Er wurde gerade mit der Trage, auf der er lag, in einen Krankenwagen geschoben.

„Nein, keine Anzeige! Aber ich muss den Herrn Ministerpräsidenten sprechen!"

„Was, den Herrn Zerstoiber?", entgegnete der Polizist ungläubig.

„Ja!", antwortete Ariel und hielt den Arm des Polizisten fest, um ihn am Gehen zu hindern.

„Ja, dringend, ich bin ein Stipendiat von der Gesellschaft für Jüdisch-Christliche Zusammenarbeit. Ich studiere hier in München Philosophie und habe ein Anliegen von nationalem Interesse."
„Schauen wir mal", sagte der Polizist und lächelte verlegen. So richtig konnte er den Vorfall nicht einordnen. Fakt war, dass dieser Student aus Israel mit einem Bierkrug niedergeschlagen wurde. Warum genau, da widersprachen sich die Zeugenaussagen. Aber wenn die Presse davon Wind bekam, konnte es durchaus brisant werden.
Er beschloss, seinen Vorgesetzten zu informieren. Sollte der doch entscheiden.

„Was? Und da rufen sie erst jetzt an?"
Zerstoiber kratzte sich am Kopf. Ein israelischer Student, niedergestreckt von einem bayrischen Maßkrug, geworfen von einem Mitglied einer schlagenden Verbindung.
„Extrem brisant, Herr Polizeipräsident. Wir haben Landtagswahl diesen Monat."
„Noch weiß die Presse nichts!"
„Sehr gut, Herr Polizeipräsident. Ich werde meinen Staatssekretär anweisen, ein Treffen mit dem jungen Mann zu organisieren. Vielleicht können wir das ja dann an die Presse durchsickern lassen."
Der Ministerpräsident rieb sich die Hände, nachdem er aufgelegt hatte. Das war vielleicht genau die Publicity, die's brauchte vor der Wahl. Zerstoiber war in Hochstimmung.
„Frau Huber, machen sie ein Treffen mit dem Staatssekretär aus. Ich gehe zu Mittag essen und bin nicht zu erreichen."
Zerstoiber verabschiedete sich von seiner Sekretärin und ließ diese verwundert zurück.

Kapitel XII

Zerstoiber rieb sich die Hände und freute sich diebisch über den genialen Plan, den er mit dem israelischen Studenten, der von einem bayerischen Maßkrug K.O. geschlagen worden war, vorhatte. Von dieser Gesellschaft für Jüdisch-Christliche Zusammenarbeit, welche kurz nach dem Zweiten Weltkrieg gegründet worden war, hatte er bis zu diesem Vorfall noch nie etwas gehört. Umso brisanter, wenn nun einer der Stipendiaten Opfer eines Gewaltverbrechens geworden war. Und das ausgerechnet mit dem Symbol bayerischer Gemütlichkeit, einem Maßkrug. Noch dazu in einem Etablissement, welches Bayern weit über die Grenzen Deutschlands berühmt gemacht hat – der bayerische Biergarten.
Der Ort für das Treffen konnte also nicht sorgsam genug gewählt werden. Nicht nur der Wirtschaftszweig Nummer Eins, der Tourismus, stand auf dem Spiel, wenn sich diese Attacke herumsprach. Vor allem seine Wiederwahl war dann, falls er nichts unternahm, alles andere als sicher. Die Lobby der Gastronomie und des Fremdenverkehrs war gewaltig, das wusste der Ministerpräsident genau. Genauso gewaltig musste die Kulisse sein, wo er sich mit diesem Studenten treffen wollte.
Was kam da schon in Betracht? Nach Schloss Neuschwanstein, welches Zerstoiber für solch ein Treffen als nicht geeignet empfand, war da nur noch das Kehlsteinhaus. Dieser spektakuläre Ort hoch über dem Königssee in der Nähe Berchtesgadens war wie geschaffen für solch eine Inszenierung. Ja, genau das musste es werden. Eine Inszenierung.

Zerstoiber fühlte sich zu Höherem berufen, vielleicht einmal Bundeskanzler, und welcher Ort würde sich da besser anbieten als das Kehlsteinhaus, welches in einem früheren, dunklen Kapitel der deutschen Geschichte schon einmal für diplomatische Empfänge genutzt worden war.

Dieser Ort, der jährlich Millionen von Besuchern, nicht zuletzt wegen seiner brisanten Geschichte, anlockte, war der richtige für dieses Treffen, da war sich Zerstoiber sicher. Und es fehlten dann nur noch die perfekten Bilder.

Der Ministerpräsident hatte schon einen Spezl bei der Presse über sein Vorhaben informiert und diesem einen Job als Pressesprecher in Aussicht gestellt, falls er wiedergewählt würde, und das mit einer Deutlichkeit, die ihm den Weg nach Berlin ebnen würde. An Mutti vorbei. Eine Frau als Kanzler, das hätte sich dann auch endlich erledigt.

KAPITEL XIII

Ariel hatte die Nacht vor dem Treffen, nach anfänglichen Schwierigkeiten einzuschlafen, dann doch etwas geruht. Alles war so aufregend. Diese schwarze Staatskarosse, die ihn direkt von der Uni abholte, das war schon was. Ariel hatte den Eindruck, dass auf einmal die Mitstudentinnen, die ihn vorher nie eines Blickes gewürdigt hatten, nun reges Interesse, zumindest an der Situation, hatten. Als der Chauffeur ausstieg und ihm die Tür aufhielt, um kurz darauf seinen Rucksack im Kofferraum zu verstauen, bemerkte Ariel auch Bernhard, der sich verlegen am Kopf kratzte. Sein ständiges Bemühen, besonders cool auszusehen, gelang ihm in diesem Moment nicht mal ansatzweise.

Ariel genoss diesen Augenblick, aber auch sein innerer Despot, Adi, schien die Situation zu gefallen. Ariel hatte den Eindruck, dass die leidliche Koalition mit Adi in diesem Moment einen maximalen Grad an Entspanntheit erreicht hatte, die Ariel wie von Zauberhand den Impuls gab, die Scheibe zu öffnen und sich mit einer staatsmännischen Geste aus dem gebeugten Arm heraus durch minimale Winkbewegungen von seinen Kommilitonen zu verabschieden. Ihn durchfloss ein wohliges Gefühl in der Magengegend und er musste an Hornacker denken. Aber dass schon der Anfang seines Vorhabens, Gutes zu tun, das Verhältnis zu Adi derart entspannte, das hätte er nie für möglich gehalten.

Die Fahrt über die Autobahn war eine Art Tiefenentspannung für Ariel. Dieses Meisterwerk der deutschen Ingenieurskunst, dass sich nach und nach auf der ganzen Welt durchgesetzte hatte, aber nur in Deutschland noch weitestgehend ohne Tempolimit war, genoss er in vollen Zügen.

Fast fühlte es sich an, als hätte er diese Autobahn selbst erschaffen.

Er schloss genüsslich die Augen und fiel in einen Tiefschlaf, der abrupt endete, als sie in einer scharfen Kurve die Autobahn verließen und das Panorama ihn veranlasste, sich die Augen zu reiben. Diese Silhouette, der sie sich näherten, unglaublich. Das mussten die Alpen sein, die sich wie eine Festung unweit vor ihm auftürmten.

Ariel merkte, wie sich sein Puls erhöhte und sein Herz fast bis zum Hals schlug. Diese Kulisse, er hatte Großes damit vor. Sein Plan war perfekt. Natürlich hatte er sich im Internet darüber informiert, wo sich Zerstoiber mit ihm treffen wollte. Geschichtsträchtiger ging es ja wohl nicht mehr. Der ehemalige Berghof, während des Krieges total zerstört, danach Sperrgebiet der Amerikaner, mit all seinen Geheimnissen, die noch tief unter der Erde schlummerten. Seit einigen Jahrzehnten war er, zumindest teilweise, wieder für die Öffentlichkeit zugänglich.

Aber trotzdem, wie geschaffen für seine epochalen Pläne. Ariel wusste, er würde für Frieden sorgen, mindestens für die nächsten tausend Jahre.

Kapitel XIV

Der Chauffeur hatte Ariel eine Busfahrkarte für den Linienbus besorgt, der zwischen Berghof und Kehlsteinhaus in regelmäßigen Abständen pendelte.

„Für normale Fahrzeuge ist diese Strecke viel zu steil", hatte ihm der Chauffeur auf den letzten Kilometern von Berchtesgaden zum Berghof beflissen erklärt. Jetzt wollte sich der Fahrer zum Mittagessen zurückziehen.

Zu steil für normale Fahrzeuge, und dann sollten diese Busse dort hochfahren? Ariel wunderte sich. Aber angesichts der Menschenmassen waren Busse wahrscheinlich das einzig adäquate Verkehrsmittel.

Aber das war nicht das Einzige, was Ariel ins Grübeln brachte. Die Führung durch die alten Bunkeranlagen, die im Dritten Reich zum Schutz gegen alle damals existierenden und auch zukünftigen Waffensysteme errichtet worden waren, brachte ihn in einen Taumel unterschiedlichster Gefühle.

In der Schule hatte er viel gehört über dieses menschenverachtende Regime, welches mit dem Zweiten Weltkrieg die Zivilisation an den Abgrund gebracht und mit dem Genozid das größte Verbrechen der Menschheit zu verantworten hatte. Ein Völkermord nie dagewesenen Ausmaßes an seinem, Ariels, Volk.

Er fühlte sich abgeschlagen, schlecht, als würde er in diesem stickigen Bunker keine Luft bekommen. Andererseits verspürte er tief in sich ein wohlig warmes Gefühl, welches ihn in diesem Moment an den Rand der Verzweiflung brachte.

Und als ob sein Gefühlschaos nicht schon schlimm genug wäre, konnte er sich plötzlich nicht mehr bewegen, als die

Führung in einen Raum gelangen sollte, wo sich eine Fotodokumentation zu den Gräueltaten des Dritten Reiches und der Geschichte des Berghofes befand.

Ihm war zumute, als ob er aus seinem Inneren heraus mit derart heftigen Nadelstichen traktiert würde, die bis tief in seine Beine ausstrahlten und ihn vor Schmerzen am Eintritt in diesen Raum hinderten.

Er überlegte, was er tun sollte. Vielleicht half etwas frische Luft?

Kaum hatte er diese Eingebung zu Ende gedacht, löste sich die Blockade seiner Beine und Ariel verließ den Bunker auf dem schnellsten Weg.

Er schaute auf die Uhr. Zum Mittagessen war er mit Zerstoiber verabredet. Nach einem Blick auf seinen Fahrschein stieg er in den Bus mit der ausgewiesenen Nummer. Er sackte in den Sitz und nickte sofort ein. Es war halt doch etwas wenig Schlaf letzte Nacht gewesen, ging es ihm noch durch den Kopf, bevor ihm die Augen zufielen.

Diesmal schafften es weder die verwegenen Kurven noch die extreme Steigung, ihn zu wecken. Erst dem Busfahrer gelang es durch mehrfaches Schütteln, als sie auf dem Gipfel angekommen waren.

„Das ist mir ja noch nie passiert", sagte der Fahrer kopfschüttelnd.

„Dass bei diesem Panorama und der ausgesetzten Straße jemand schlafen kann", brummelte er dann noch in seinen Bart.

Ariel brauchte eine Weile, bis er wieder richtig bei sich war. Er hatte den Bus verlassen und war zum Rand des Parkplatzes gegangen, um sich umzuschauen. Zu seinen Füßen konnte er Teile der Passstraße erkennen, die er gerade verschlafen hatte. „Gigantisch", das war das Einzige, was ihm dazu einfiel. Als er sich umdrehte, erblickte er über sich das Kehlsteinhaus, welches wie ein Adlerhorst auf der Spitze des Berges thronte und sich gerade von einer vorüberziehenden Wolkenummantelung zu befreien versuchte.

Aber bevor er sich auf den Weg zum Fahrstuhl machen konnte, welcher ihn da hinaufbringen sollte, musste er sich in eine Reihe von wartenden Touristen aus der ganzen Welt einreihen, um seinen Fahrschein für die geplante Zeit der Rückfahrt registrieren zu lassen.

Diese Deutschen mit ihrem phänomenalen Talent zur Organisation, Massen zu bewegen, ohne dabei Chaos aufkommen zu lassen, und dieser Exportschlager Ampel, der ein ganzes Volk diszipliniert hat. Was blieb einem da anderes übrig, als sich brav den Gepflogenheiten unterzuordnen und zu warten, bis man an der Reihe war. Um danach durch ein Gattersystem, ähnlich dem Schlachtvieh, das einem Bolzenschussgerät zugeführt wurde, sich durch einen feuchten, muffigen gekachelten Tunnel mit ständig fotografierenden Asiaten schieben zu lassen, bis sich irgendwann die Fahrstuhltür vor einem öffnete und signalisierte, dass man einsteigen durfte.

Das Ambiente im Aufzug war nachhaltig beeindruckend und sorgte wieder für dieses wohlige Gefühl in Ariels Magengegend, welches er schon in den Bunkeranlagen auf dem Berghof verspürt hatte. Doch dazu gesellte sich jetzt eine innere Unruhe, die von Höhenmeter zu Höhenmeter stärker wurde und sich in einem Seufzer der Erleichterung Bahn brach, als sich die Tür endlich öffnete und Ariel, wieder ohne eigenen Impuls, den rechten Arm hochwerfen wollte, was allerdings, durch die Enge im Fahrstuhl, sein jähes Ende am Hintern einer japanischen Touristin fand. Diese drehte sich blitzartig um und sah ihn entgeistert an, jedoch schon einen Sekundenbruchteil später betrachtete sie ihn lächelnd und informierte auch gleich noch all ihre Begleiterinnen über das Geschehen. Diese lächelten und tuschelten, um anschließend hinter vorgehaltener Hand zu kichern.

Ariel versuchte verzweifelt, einen Ausweg aus der Situation zu finden, als ihm zwei schwarzgekleidete, düster dreinblickende Männer auffielen. Diese schauten nochmals kurz auf ein Foto, unterhielten sich, nickten einvernehmlich und gingen auf Ariel zu.

„Herr Hilb?", fragte einer der beiden.

Ariel nickte, worauf sich beide einen Weg durch die Japanerinnen bahnten.

„Kommen sie, Herr Hilb, der Ministerpräsident wartet bereits auf sie."

Einer der Personenschützer sprach eine kurze Mitteilung: „Wir haben ihn gefunden", in sein Mikrophon, welches an seinem Kragen befestigt war, und machte Ariel den Weg durch die ihn umringenden Frauen frei, welche entzückt begannen, die Situation zu fotografieren.

Zerstoiber war aufgeregt von seinem Platz aufgestanden, als er sah, dass seine Personenschützer zurückkamen. Er hatte kurz seinem Spezl, dem Reporter, mit dem verabredeten Zeichen zu verstehen gegeben, dass der israelische Student im Anmarsch sei. Allerdings, er stellte sich auf die Zehenspitzen, er konnte ihn ganz einfach nicht entdecken. Außer einer Traube von asiatischen Frauen, war auf den ersten Blick nichts zu erkennen, und diese fotografierten auch noch ohne Unterlass, als hätten sie hier einen Popstar erblickt.

Zerstoiber kratzte sich am Kopf. Wie sollte er unter diesen Umständen die Fotos kontrollieren, die in der Presse landen sollten? Was war da schiefgelaufen? Das Bild sollte doch perfekt sein.

Auch das Wetter hatte beschlossen, mitzuspielen, die Wolken hatten sich fast verzogen und die ersten Sonnenstrahlen kamen zum Vorschein. Doch bei dem Chaos, was da auf seinen Tisch zukam, wünschte sich Zerstoiber den diesigen Nebel zurück. Das konnte doch alles nicht wahr sein.

„Vorsicht!", rief eine der gestandenen Bedienungen im Dirndl, mit circa zehn Maßkrügen bewaffnet, resolut in die Frauentraube, die Ariel umringte, die daraufhin endlich etwas zur Seite gingen. Worauf auch die zweite Kellnerin mit den Weißwürsten nebst Brezn die Gelegenheit nutzte, diese auf dem Tisch abzustellen.

Zerstoiber nutzte den Augenblick, um mit einer gönnerhaften Pose auf Ariel zuzugehen, um ihm entschlossen die Hand entgegenzustrecken und diese solange zu drücken, bis das perfekte Pressefoto durch seinen Spezl abgelichtet war.

Doch momentan waren die Frauen, die Ariel umringt hatten, die Einzigen, die in einer günstigen Position standen, um die Situation festzuhalten.

Der Ministerpräsident wies mit einem strengen Blick seinen Personenschutz an, nun endlich für Ordnung zu sorgen, was diesem mit größter Anstrengung dann auch gelang.

Das ist schon mal in die Hose gegangen, dachte sich Zerstoiber, als Ariel seinen Gedanken mit dem Kommentar unterbrach: „Können sie meine Hand bitte wieder loslassen?"

„Aber natürlich, junger Freund", antwortete Zerstoiber zerstreut, der immer noch vergeblich damit beschäftigt war, sich umzuschauen, um seinen Pressespezl zu entdecken.

„Nun gut, junger Freund, setzen wir uns."
Ariel nahm diese Einladung gerne an. Das Bier, die Weißwürste, wie bei seinen Freunden aus der Verbindung. Wären da nicht die unerklärlichen Zerwürfnisse gewesen, als er denen sein „Bayerisch-Israelisches Freundschaftsprojekt" vorgestellt hatte.
Ohne zu überlegen, nahm Ariel den Maßkrug, der vor ihm stand, und leerte ihn zur Hälfte, so wie es ihm seine Freunde aus der Verbindung beigebracht hatten. Er kippte das Glas zur Probe auf den Henkel und nahm wohlwollend war, dass nichts überlief. So, nun kann es losgehen, dachte sich Ariel und sah zu Zerstoiber, der ihm gegenüber Platz genommen hatte. Dieser wirkte etwas verstört.
„Na, das nenne ich mal einen Durst", sagte der Ministerpräsident und lächelte angestrengt, „na denn, Prost."
Zerstoiber nahm nun ebenfalls sein Glas, um mit Ariel und dem Rest der Anwesenden anzustoßen.
„Noch ein Bier für meinen jungen Freund!", wies er der Bedienung an, die eigens für diesen Tisch abgestellt war.
Zerstoiber hielt sein Glas in die Richtung, in der er nun endlich seinen Pressespezl entdeckt hatte, und lächelte gekünstelt.
„Sie wollten mich sprechen, junger Freund", sagte er dann, gönnerhaft an Ariel gewandt.
„Sehen sie diese Einladung als kleine Wiedergutmachung an. Es ist nicht zu entschuldigen, was ihnen zugestoßen ist, aber wir haben ihnen hier einen kleinen Präsentkorb mit bayerischen Spezialitäten zusammengestellt."

Der Ministerpräsident hielt den Korb etwas in die Höhe, als er ein leichtes Knacken in seinem Rücken vernahm, woraufhin er das Präsent mit schmerzverzerrtem Gesicht wieder absetzte.
Ausgerechnet in diesem Moment bemerkte er einige Blitzlichter, die nun aus mehreren Richtungen die Situation festhielten.
Ariel hatte den neuen Maßkrug, der jetzt vor ihm stand, als Aufforderung verstanden, den alten in einem Zug zu leeren.
Nun war er bereit, sein Anliegen vorzutragen, obwohl sich sein Inneres, in Form von Bauchschmerzen, dagegen zu wehren schien und sich durch ein lautes Rülpsen unaufhaltsam Luft verschaffte.
Zerstoiber setzte sich wieder und schaute planlos in die Runde.
„Nun, Herr Hilb, was haben sie auf dem Herzen?"
Ariel brauchte eine Weile, bis er registrierte, dass er gemeint war. Er hatte sich routinemäßig schon mit dem nächsten Maßkrug beschäftigt, so wie er das von seinen Trinkbrüdern an den Abenden im Biergarten gelernt hatte, die immer sagten: „Wir sind nicht zum Spaß hier, hopp, hopp, rinn in' Kopp!"
Doch heute war etwas anders. Wahrscheinlich dem fehlenden Schlaf geschuldet, flutete das Bier schon erheblich an.
Ariel war nervös, er hatte wieder diese unerträgliche innere Unruhe, gepaart mit der diffusen Gewissheit, dass ihm erneut die Situation entgleiten könnte. Er hatte den Gedanken noch nicht zu Ende gedacht, als er sich auf der Bierbank stehend mit dem mittlerweile halbleeren Bierkrug in der rechten ausgestreckten Hand wiederfand und mit der prägnanten

Stimme mit dem ausgeprägten, rollenden R: „Hopp, hopp, rinn in' Kopp!", in den Biergarten rief.

Plötzlich war es still und Zerstoiber merkte, wie nach einer kurzen Zeit das Blut unkontrolliert in seinen Kopf schoss, ein untrügliches Zeichen, dass er rot anlief. Diese körperliche Dysfunktion, die er sich, nachdem er beschlossen hatte, Politiker zu werden, konsequent abtrainiert hatte, kam nun nach etwa dreißig Jahren das erste Mal mit einer solchen Wucht über ihn, die ihn absolut hilflos machte.

Genau in dieser hilflosen Phase, die anscheinend auch seinen ganzen Begleiterstab heimgesucht hatte, vernahm er eine verzweifelte Frauenstimme: „Bleibst du hier, Blondi!", und kurz darauf erblickte er einen Schäferhund, der, anscheinend vor Freude wimmernd, mit enormer Geschwindigkeit direkt auf ihren Tisch zulief.

Kurz vor dem Tisch sprang er hoch, riss Ariel von der Bank, stand über ihm, als dieser auf dem Boden lag, und schleckte ihm winselnd und schwanzwedelnd das Gesicht ab.

Ariel war schlagartig nüchtern, was wollte denn dieser scheiß Köter von ihm!

Die Leute von der Security hatten als erste die Schockstarre überwunden, der Erste zog seine Waffe und fuchtelte damit wild in der Luft herum. Der andere versuchte, mit einem beherzten Griff an das Halsband des Hundes, diesen von Ariel herunterzuziehen, und die Besitzerin des Tieres fing laut an zu schreien.

„Tun sie ihm nichts, der will nur spielen!"

Zerstoiber griff nach seinem Bierkrug und nahm einen kräftigen Schluck, und die Japanerinnen fotografierten kräftig.

Alles schien aus dem Ruder zu laufen. Ariel hatte sich wieder auf seinen Platz gesetzt und schaute Zerstoiber genauso entgeistert an, wie dieser ihn.

„Sie scheinen in unserem schönen Bayern kein Glück zu haben, junger Mann", sagte der Ministerpräsident, sichtlich gezeichnet von der Situation.

„Nun erzählen sie schon, was wollten sie mir mitteilen?"
Ariel traf diese Frage wie der Blitz aus heiterem Himmel. Gerade hatte er darüber nachgedacht, wie er sich den klebrigen Sabber von dieser ungehorsamen Schäferhündin Blondi aus dem Gesicht entfernen konnte, als ihm erneut die Kontrolle entglitt. Der Despot in ihm ergriff die Chance und Ariel war wie immer machtlos.

„Wir sind ein Volk ohne Raum, übergeben sie uns Bayern!"
Ariel erschrak sich total, was hatte er da von sich gegeben! Und als ob das nicht schon genug wäre, hob er auch noch seine rechte Hand empor.

Zerstoibers Kopf verfärbte sich erst rot, dann lila, sein Mund stand auf, als würde er nach Luft schnappen, und seine Augen vermittelten Ariel den Eindruck, als würden sie aus den Augenhöhlen fallen wollen.

„Was bist du denn für ein Vogel!", polterte er los, „kommst du etwa von der ADF, diesen Alternativen Deutschen Führern?"

Ariel hatte gar keine Zeit, über eine Antwort nachzudenken. Zerstoiber sprang, wie von der Tarantel gestochen, auf und wies seinen Begleiterstab an, sofort die Lokalität zu verlassen.

Die Personenschützer hatten ihre liebe Not, die Situation in den Griff zu bekommen. Doch kurze Zeit später war alles vorbei. Ariel war allein an dem Tisch zurückgeblieben. Kurz

bemerkte er noch, wie ein Mann mit einer professionell anmutenden Fotoausrüstung ein letztes Bild von ihm schoss, um sich danach möglichst unauffällig aus dem Staub zu machen.
Ariel war wie in Trance. Er wusste nicht mehr, wie er zum Fahrstuhl gekommen war und wie lange er auf den Bus gewartet hatte. Doch wie lange er am Berghof auch suchte, die schwarze Limousine war verschwunden.
Er machte sich zu Fuß auf den Weg nach Berchtesgaden und fuhr danach mit dem Zug nach München, um sich für eine gefühlte Ewigkeit in seinem Zimmer einzuschließen.

Schon am ersten Tag hatte er die Klingel abgestellt und nicht mehr aus dem Fenster gesehen. Der Auflauf an Presse war gewaltig gewesen. Ariel hatte tagelang nichts gegessen. Er war nicht einmal in der Lage, aufzustehen. Er fühlte sich wie eine leere Hülle, der der Inhalt abhandengekommen war. Aber andererseits entwickelte er nach und nach ein völlig neues Körpergefühl, welches er noch nicht definieren konnte.
Am ehesten fühlte es sich an, als hätte er zu sich selbst gefunden. Es ging ihm zunehmend immer besser.

Heute nun wollte er es versuchen. Ariel stand auf und ging unter die Dusche. Er sah im Kühlschrank nach, ob er noch etwas zum Frühstück finden würde. Er musste dringend einkaufen. Überhaupt musste er einiges regeln. In sein altes Leben wollte er nicht zurück, das fühlte sich irgendwie nicht mehr richtig an.
Ariel schenkte sich einen Kaffee ein und schaltete den Fernseher an. Dieser neue amerikanische Präsident hielt gerade

eine Rede, die er mit „America first" beendete, um danach mit gekünsteltem Lächeln in die Kameras der Journalisten zu grinsen, die in der Pressekonferenz anwesend waren.
Ariel wurde stutzig, war da nicht etwas unter der Nase des Präsidenten, so ein kleines Bartbüschel? Er stand auf, um an der Stelle über den Bildschirm zu wischen, wo sich dieses Büschel befand. Nein, ein Fleck war das nicht, merkwürdig. Bei ihm war doch genau dieser prägnante Bartwuchs in den letzten Tagen spurlos verschwunden.
Als der Auftritt des Präsidenten vorüber war, schaltete er um. In einem Regionalsender wurde verkündet, dass immer noch kein Nachfolger für den bayerischen Ministerpräsidenten feststand, der nach dem Kehlsteinskandal zurückgetreten war.
Ariel zappte weiter. Schon wieder dieser amerikanische Präsident. Nun verkündete er, Jerusalem als israelische Hauptstadt anzuerkennen. Was für ein Fauxpas.
Das Auftreten dieses Präsidenten erinnerte Ariel fatalerweise an sein früheres Leben. Doch heute fand er das dumm und befremdlich.
Wollte er nicht mal für tausend Jahre Frieden zwischen Israel und Palästina sorgen? Er schämte sich für seine Auftritte in den Biergärten und auf dem Kehlsteinhaus. Das mit den tausend Jahren Frieden konnte die Welt nun sowieso vergessen.
Ariel hätte sich am liebsten wieder hingelegt und die Decke über den Kopf gezogen. Aber, ja, da war doch noch was. Ariel wollte doch Gutes tun.
Allerdings nahm er sich diesmal vor, deutlich kleinere Brötchen zu backen.